CHOIX

DE

NOËLS ANCIENS

Publiés de nouveau avec des corrections

PAR

M. l'abbé BLANCHET

Chanoine honoraire
Supérieur de l'École Saint-Paul.

« Aujourd'hui il vous est né un
Sauveur. Vous le reconnaîtrez à ce
signe : Vous trouverez un enfant
enveloppé de langes et couché dans
une crèche. »
Luc, II, 11 et 12.

ANGOULÊME

IMPRIMERIE J.-B. BAILLARGER

Rue Tison d'Argence.

CHOIX

DE

NOËLS ANCIENS

CHOIX

DE

NOËLS ANCIENS

Publiés de nouveau avec des corrections

PAR

M. l'abbé BLANCHET

Chanoine honoraire
Supérieur de l'École Saint-Paul.

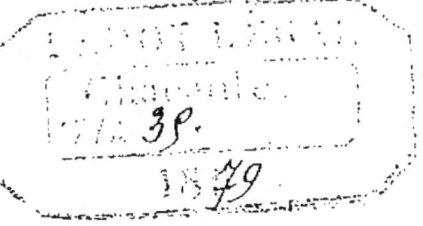

« Aujourd'hui il vous est né un
Sauveur. Vous le reconnaîtrez à ce
signe : Vous trouverez un enfant
enveloppé de langes et couché dans
une crèche. »

Luc. II, 11 et 12.

ANGOULÊME

IMPRIMERIE J.-B. BAILLARGER

Rue Tison d'Argence.

AVERTISSEMENT.

Ce petit recueil renferme, avec quelques pièces très-répandues, comme *Il est né, le divin Enfant, Les Anges dans nos campagnes, etc.*, un grand nombre de noëls anciens, que nous désirerions tirer d'un long oubli, injuste selon nous.

Nous avons regretté bien des fois que ces compositions gracieuses fussent connues seulement des amateurs et des bibliophiles ; il nous semblait qu'elles pourraient, comme au temps de nos pères, charmer et édifier encore, si une main amie les débarrassait de la légère couche de rouille dont elles ont été recouvertes par le temps.

Pénétré de cette pensée et encouragé par la bienveillante approbation de notre vénérable Evêque, nous avons entrepris cette œuvre de restauration, bien modeste assurément, et où nous n'avons eu à mettre que très-peu du nôtre. Ici nous avons remplacé un terme hors d'usage, supprimé une locution triviale ou une redondance ; là nous avons rétabli une rime, remis sur ses pieds un vers boiteux ; mais nous avons respecté scrupuleusement la marche du récit, le tour de la pensée, la simplicité de l'expression, l'archaïsme même, quand il n'était pas trop suranné. Nous croyons n'avoir rien ôté à nos vieux noëls de leur physionomie originale, sinon ce qui nous a paru incompatible avec la dignité de nos mystères et la gravité du lieu saint, ou encore ce qu'un linguiste seul pourrait regretter.

Du reste, notre but n'a pas été de travailler pour les savants et de faire une œuvre de philologie ou d'archéologie ; nous nous sommes proposé de rouvrir l'entrée de nos églises à des chants simples et pieux dont leurs voûtes ont retenti souvent autrefois, et de remettre au jour des poésies qui, par leur aimable naïveté et leur gaîté franchement chrétienne, mériteraient, à notre avis, de redevenir populaires. Que

les amateurs veuillent bien, en considé-
ration de ce motif, nous pardonner nos
retouches à des œuvres que nous res-
pectons autant qu'ils les respectent eux-
mêmes.

Puisse ce petit livre aviver dans les
fidèles les douces joies de la Nativité et
leur inspirer un amour de plus en plus
ardent pour le Dieu qui, afin d'opérer
leur salut, a daigné naître dans une
crèche et mourir sur une croix ! Nous
implorons cet heureux résultat de la
miséricorde du Sauveur et de l'interces-
sion de son Immaculée Mère.

Angoulème, le 8 décembre 1879, 25me anniver-
saire de la promulgation du dogme de l'Imma-
culée-Conception.

N. B. L'air de chaque Noël est indiqué à la
Table.

MONSIEUR LE SUPÉRIEUR,

J'applaudis à cette nouvelle édition de Noëls pleins de grâce naïve et de douce piété, aux vues qui vous l'ont inspirée, comme à la méthode que vous avez suivie et dont rend compte votre avertissement. Puissent ces chants retrouver leur place d'autrefois aux veillées des familles, dans nos réunions chrétiennes et devant ces crèches qui, en nos églises, rappellent les mystères de Bethléem.

Puissent-ils aussi servir à ranimer la dévotion envers la naissance et la divine enfance du Sauveur Jésus, si propre à faire revivre dans les cœurs des vertus trop oubliées, la simplicité, l'humilité et le détachement. Quelle instruction pour tous, et, en particulier, quelle consolation pour les petits et les pauvres, dans ces abaissements ineffables de l'Enfant-Dieu : quel charme dans ses préférences pour les humbles ; quelle paix toute céleste dans le message et le chant des anges !

Je prie N. S. de bénir ce travail et de faire goûter à bien des âmes les douceurs et les grâces de sa crèche.

Agréez, Monsieur le Supérieur, l'expression de mon bien affectueux dévouement.

† A.-L., Ev. d'Angoulême.

Angoulême, le 10 décembre 1879.

CHOIX

DE

NOËLS ANCIENS

Imitation de l'hymne de l'Avent

Creator alme siderum.

Sur l'air même de l'hymne.

Vous dont le ciel tient sa splendeur,
Eternel Soleil des croyants,
Du monde entier doux Rédempteur,
Entendez nos vœux suppliants.

Touché de voir qu'un triste sort
Nous exposait tous à périr,
Pour nous délivrer de la mort,
Sur la croix vous voulez mourir.

Dans la plénitude des temps
Une vierge vous a conçu,
Et c'est de ses augustes flancs
Que les mortels vous ont reçu.

La nature dit en tous lieux
Qu'elle est soumise à votre loi,
Et sur la terre et dans les cieux
Vous êtes reconnu pour roi.

Vous qui viendrez au dernier jour
Pour juger ce grand Univers,
Défendez-nous par votre amour
Contre les tyrans des enfers.

Gloire, salut, force et splendeur
A la Très-Sainte Trinité,
En qui trois sont un seul Seigneur
Pendant toute l'éternité.

Désirs de la venue du Sauveur.

REFRAIN.

Venez, divin Messie ;
Sauvez nos jours infortunés ;
Venez, source de vie,
Venez, venez, venez !

Ah ! descendez, hâtez vos pas ;
Sauvez les hommes du trépas ;
Secourez-nous, ne tardez pas.
Venez, divin Messie,
Sauvez nos jours infortunés ;
Venez, source de vie,
Venez, venez, venez.

Ah ! désarmez votre courroux ;
Nous soupirons à vos genoux :
Seigneur, nous n'espérons qu'en vous.
Pour nous livrer la guerre,
Tous les enfers sont déchaînés ;
Descendez sur la terre ;
Venez, venez, venez.

Que nos soupirs soient entendus :
Les biens que nous avons perdus
Ne nous seront-ils point rendus ?
Voyez couler nos larmes :
Grand Dieu, si vous nous pardonnez,
Nous n'aurons plus d'alarmes.
Venez, venez, venez.

Si vous venez dans ces bas lieux,
Nous vous verrons, victorieux,
Fermer l'enfer, ouvrir les cieux.
Nous l'espérons sans cesse ;
Les cieux nous furent destinés.
Tenez votre promesse ;
Venez, venez, venez.

Ah ! puissions-nous chanter un jour,
Dans votre bienheureuse cour,
Et votre gloire et votre amour !
C'est là l'heureux partage
De ceux que vous prédestinez :
Donnez-nous-en le gage :
Venez, venez, venez.

Même sujet.

REFRAIN.

Venez, Verbe adorable,
Guérir nos cœurs infortunés ;
La douleur nous accable ;
Venez, venez, venez.

Quoi! faudra-t-il gémir toujours
Sans espérance de secours?
A vous seul le monde a recours.
   O puissance ineffable,
    Voyez des cœurs infortunés:
   Venez, Verbe adorable;
    Venez, venez, venez.

Venez dompter vos ennemis;
Seigneur, vous nous l'avez promis;
Ce doux espoir nous est permis.
   L'enfer nous fait la guerre;
Tous les humains sont consternés;
   Descendez sur la terre;
    Venez, venez, venez.

Entendez-nous du haut des cieux;
Venez en Roi victorieux;
Montrez votre gloire à nos yeux.
   Que la terre applaudisse
A des esclaves couronnés;
   Que tout se réjouisse;
    Venez, venez, venez.

Puissions-nous voir les cieux ouverts,
Malgré la rage des enfers!
Hâtez-vous de briser nos fers.
   Rendez-nous l'héritage
Qu'attendent les prédestinés;
   Achevez votre ouvrage;
    Venez, venez, venez.

Vous nous avez promis cent fois
Que nous verrions le Roi des rois
Aux nations donner des lois.

Venez, divin Messie ;
Que nos tyrans soient enchaînés ;
Le monde vous en prie ;
Venez, venez, venez.

Déjà les plus charmants concerts
Se font entendre dans les airs :
Vous ferez grâce à l'univers.
Nous vous voyons descendre :
Que de trésors nous sont donnés !
Quels biens vont se répandre !
Venez, venez, venez.

Le péché d'Adam réparé par le Sauveur.

Doux Sauveur, Enfant d'amour,
En qui le monde espère,
Sitôt que tu vois le jour,
Tu finis sa misère ;
Sitôt que tu vois le jour,
Tu lui tiens lieu de père.

De l'enfer et du trépas
L'homme était la victime,
Puisque Adam ne fit qu'un pas
Pour tomber dans l'abîme,
Puisque Adam ne fit qu'un pas
De l'innocence au crime.

Il était dans un jardin
D'ineffables délices ;
Le serpent en fit soudain,

Par ses noirs artifices,
Le serpent èn fit soudain
Un séjour de supplices.

D'un fruit qui croît en ce lieu
Eve éprouve l'envie;
Adam veut devenir dieu;
Son orgueil l'y convie;
Adam veut devenir dieu :
Il en perdra la vie.

Il se voit livré d'abord
A des douleurs mortelles;
Il attend, après sa mort,
Des peines plus cruelles;
Il attend, après sa mort,
Des flammes éternelles.

Grand Dieu, tu veux t'incarner
Pour finir sa disgrâce;
La justice allait tonner;
Mais l'amour prend sa place;
La justice allait tonner;
L'amour demande grâce.

Ah ! tu daignes prendre soin
De ta propre vengeance;
Le coupable avait besoin
Pour laver son offense,
Le coupable avait besoin
De toute ta puissance.

Nous voulons aller à toi,
Soutiens notre faiblesse;
Nous nous faisons une loi
De l'ardeur qui te presse;
Nous nous faisons une loi
De t'adorer sans cesse.

**Marie, ne pouvant obtenir l'hospitalité
à Bethléem, se réfugie dans une étable et le Sauveur y vient au monde.**

Noël pour l'amour de Marie
Nous chanterons dévotement :
D'elle est né l'Auteur de la vie
Qui sauve l'homme repentant.

Autrefois Joseph et Marie
A Bethléem vinrent un soir ;
Ceux qui tenaient hôtellerie
Ne les voulurent recevoir.

Ils allaient à travers la ville,
A toutes les portes heurtant,
Partout demandant un asile,
Partout repoussés durement.

Près d'un palais plein de lumière,
Lassés, ils désiraient s'asseoir :
Le maître leur dit en colère :
« D'ici loger n'ayez espoir. »

Bientôt passa près d'eux un homme,
Tout couvert de pauvres haillons,
Qui leur dit : « Vous n'êtes, en somme,
« Que des mendiants vagabonds. »

Lors Joseph regardant Marie,
Dont l'âme gémit tristement,
Lui dit : « Mon épouse chérie,
« Ailleurs cherchons un logement.

« J'aperçois une vieille étable :
« Logeons-nous y pour le présent. »
A cette heure la Vierge aimable
Etait près d'avoir son enfant.

Quand vint minuit, la douce mère,
Toute ravie en son bonheur,
Vit, comme un rayon de lumière,
Du monde naître le Sauveur.

Il est couché dans une crèche,
De froid et de douleur tremblant :
Un peu de paille et d'herbe sèche,
C'est l'oreiller du Tout-Puissant.

Pauvres, il ne doit vous déplaire
Si vous vivez bien rudement :
Si votre existence est amère,
Prenez-le tout patiemment.

En souvenance du Messie
Qui pour vous naquit dans les pleurs,
Et qui, selon la prophétie,
Dès lors fut l'homme des douleurs.

Supplions la Vierge Marie
Qui fut aussi pauvre jadis,
Que pour nous son Fils elle prie
De nous admettre en Paradis.

Si jamais nous y pouvons être,
Dès lors ne nous faudra plus rien :
C'est le palais de notre Maître ;
C'est le vrai logis du chrétien.

***

L'Annonciation de la Sainte-Vierge et la naissance de Jésus-Christ.

Eve séduite du serpent
Eut la force de tenter l'homme :
Il reçut la fatale pomme

Et méprisa le Tout-Puissant.
       Crime mortel (*lis*)
Qui livre à la mort l'immortel !

Pour satisfaire au même instant
Et justice et miséricorde,
Dieu par un saint décret accorde
Qu'un jour le Verbe soit mourant
       Pour le péché (*bis*)
Dont l'homme ingrat était taché.

Il fallut, comme il est écrit,
Pour accomplir ce grand mystère,
Que la vertu de Dieu le Père
Opérant par le Saint-Esprit,
       Le Fils naissant (*bis*)
D'une Vierge devint l'enfant.

Dieu fit dès lors élection
De cette admirable mortelle,
Et de la tache originelle
Préserva sa Conception :
       La sainteté (*bis*)
Consacra sa Nativité.

Un jour, tandis qu'elle priait
Dans sa demeure retirée,
Du haut de la voûte éthérée,
Un ange vint à Nazareth,
       La saluant *bis*)
Au nom du Seigneur Tout-Puissant.

« O pleine de grâce et d'amour,
« Sur toutes les femmes bénite,
« Le Verbe divin te visite :
« Tu le concevras en ce jour.
       « C'est le Sauveur (*bis*)
« Qui vient racheter le pécheur. »

« Si tel est le vouloir de Dieu,
« De son vouloir je suis contente ;
« Je suis sa très humble servante :
« Qu'il me soit fait selon son vœu. »
   En ce moment (*bis*)
Dans son sein Dieu se fit enfant.

Enfin arriva l'heureux jour,
A tout l'univers désirable.
Elle ne trouva qu'une étable
A Bethléem pour son séjour ;
   Et sans douleur, (*bis*)
Elle mit au monde un Sauveur.

Quand elle vit son cher enfant
Près d'elle étendu sur la terre,
Elle l'adora la première,
Et puis le posa doucement,
   Ce tendre Agneau, (*bis*)
Dans la crèche comme berceau.

Ses cris enfantins et ses pleurs
Se mêlent aux concerts des Anges
Qui font retentir ses louanges,
Et disent au chef des pasteurs :
   « Allez, berger (*bis*),
« Vers votre Dieu pour l'adorer. »

Venez voir, Mages opulents,
Ce que l'étoile signifie ;
Adorez le Fils de Marie ;
Offrez l'or, la myrrhe et l'encens.
   Donnez vos cœurs (*bis*)
Au grand Roi, Seigneur des Seigneurs.

C'est donc, misérable pécheur,
Pour toi que le Sauveur endure !

Auras-tu bien l'âme si dure
Que de n'avoir pas de douleur ?
    Mon doux Jésus (*bis*),
Votre saint amour, rien de plus !

————◦◆◦————

Les Anges annoncent la naissance de
    J.-C. aux bergers, qui vont aussitôt
    l'adorer.

C'était à l'heure de minuit,
Quand chacun reposait sans bruit :
Un Sauveur à nous se donna.
    Alleluia.

Dans cet instant si plein d'appas
Les Anges ne sommeillaient pas,
Ils entonnaient le *Gloria*.
    Alleluia.

« Allez tous, innocents bergers,
Disaient ces divins messagers,
« Voir naître un Dieu qui vous créa.
    Alleluia.

« A Bethléem est l'heureux lieu
« Où vous est né le Fils de Dieu,
« Celui qui vous rachètera. »
    Alleluia.

De cet écho du Paradis
Les pieux bergers sont ravis :
C'est à qui le premier ira.
    Alleluia.

Arrivés à l'humble séjour
Où brillait le Soleil d'amour,
Chacun à genoux l'adora.
        Alleluia.

Une crèche était le berceau
De Jésus, le divin Agneau :
De pitié leur cœur se serra.
        Alleluia.

L'étable était à découvert,
Exposée au froid de l'hiver :
C'est là qu'un grand Dieu reposa.
        Alleluia.

Tous lui portèrent des présents ;
Tous repartirent bien contents,
Et cent fois l'écho répéta :
        Alleluia.

Pieux sentiments qu'inspire au chrétien le souvenir de la naissance de J.-C.

Voici le jour de la naissance
        Du Fils de Dieu :
En signe de réjouissance,
        Dans ce saint lieu
Chantons d'un air mélodieux
        Un doux cantique
Qui s'unisse aux concerts pieux
        De la troupe angélique.

En esprit faisons un voyage
      Dévotement
A Bethléem, ce lieu sauvage
      Extrêmement,
Où Jésus, notre Rédempteur
      Et notre Maître,
Malgré l'hiver et sa rigueur.
      Aujourd'hui voulut naître.

Oh ! que cette étable est déserte !
      Qu'il y fait froid !
De tous côtés elle est ouverte
      Jusques au toit.
Il n'est endroit par où le vent
      N'entre et ne sorte.
Et vous acceptez, doux Enfant,
      Un palais de la sorte !

Vous quittez pour cette humble étable
      Le ciel des cieux,
Voilant votre éclat adorable
      A tous les yeux.
Vous n'avez pas de serviteurs,
      Vous, Roi des anges !
Sans feu, sans cour et sans honneurs,
      Vous tremblez dans vos langes !

On voit bien, Monarque suprême,
      Que votre amour
Pour tous les hommes est extrême
      Dans ce séjour.
Pour eux vous naissez pauvrement
      Et dans la gêne ;
De leurs péchés, divin Enfant,
      Vous subissez la peine !

Je vous aime et vous remercie,
    Mon bon Jésus :
A vous à la mort, à la vie ;
    Rien ne m'est plus !
Daignez remplir mon faible cœur
    De tant de grâces
Que je puisse toujours, Seigneur,
    Suivre de près vos traces.

Même sujet.

Bel Enfant que j'adore,
Qui viens naître pour moi,
C'est toi seul que j'implore ;
Je veux n'aimer que toi.

REFRAIN.

C'est ma plus chère envie
    Dans ce beau jour
Où je ne dois la vie
    Qu'à ton amour.

Du fond de cette crèche
Où tu te laisses voir,
Ton amour ne me prêche
Qu'un si tendre devoir.

C'est pour sauver mon âme
Que tu descends des cieux :
De ta divine flamme
Que je brûle en ces lieux !

Du monde qui me presse
Je ne suis plus charmé ;
Je veux t'aimer sans cesse
Comme tu m'as aimé.

Je m'attache à te suivre.
Fidèle à te servir,
Pour toi seul je veux vivre,
Pour toi je veux mourir.

Ton nom de ma mémoire
Ne sortira jamais ;
Je chanterai ta gloire
Et tes divins bienfaits.

Sorti de l'esclavage
Où j'ai longtemps été,
Je te veux en hommage
Offrir ma liberté.

———

Fuite de Jésus en Egypte ; massacre des Innocents.

Joseph sommeillait encore :
Un ange du Paradis
Lui dit : « Le Dieu que j'adore
« Par moi vous donne un avis.
« Vous, et l'enfant et sa mère,
        « Levez-vous ;
« Fuyez au loin la colère
        « D'un jaloux.

« C'est Hérode le tétrarque,
« Qui dans sa cour alarmé
« Au bruit qu'un nouveau monarque
« Dans la Judée était né,
« Tient, pour lui faire la guerre,
    « Ses Etats,
« Et couvre toute sa terre
    « De soldats.

« Partez à cette nouvelle,
« Dans l'Egypte allez-vous en ;
« Jusqu'à ce qu'on vous rappelle
« Demeurez-y sûrement.
« Quant à ce coupable prince,
    « Il mourra,
« Et Jésus dans la province
    « Reviendra. »

A cette voix qui le presse
Joseph est obéissant,
Et sur sa docile ânesse
Place la mère et l'enfant.
L'ange servant de lumière
    Les conduit ;
Roi du ciel et de la terre,
    Un Dieu fuit !

Cependant on prend les armes
Par les ordres du tyran :
Tout Bethléem est en larmes,
Tout Bethléem est en sang.
Malheur à l'enfant qui crie
    Au berceau !
Là se porte la furie
    D'un bourreau.

Sous le tranchant de l'épée,
Devant les yeux des parents,
La province consternée
Voit tomber les Innocents,
Comme de naissantes roses
   Que les vents
Renversent à peine écloses
   Au printemps.

La nature dans les mères
De tout son pouvoir combat ;
Mais les cris ni les prières
Ne touchent point le soldat.
Il frappe, il perce, il déchire
   Sans merci
L'enfant qui vient de sourire
   Devant lui.

Le cruel, tirant l'épée,
Après qu'il en a frappé,
La croit voir de sang trempée ,
Mais son espoir est trompé :
La victime n'est pas mûre,
   Et Dieu fait
Qu'il ne sort de la blessure
   Que du lait.

Ah ! qui fut inconsolable !
Ce fut la pauvre Rachel.
De sa plainte lamentable
Retentit tout Israël.
« Où sont-ils, ô mort cruelle,
   « Mes chers fils ? »
L'écho disait après elle :
   « Où sont-ils ? »

Pour vous, ô mères chrétiennes,
Faites trêve à vos soupirs :
Car l'Eglise en ses antiennes
Dit de ces petits martyrs
Qu'ils sont aux pieds des colonnes
  D'un autel,
Jouant avec leurs couronnes
  Dans le ciel.

***

Dialogue d'un ange et d'un berger à la naissance du Sauveur.

A. Venez, bergers, accourez tous ;
  Laissez vos pâturages ;
Un nouveau Roi naît parmi vous ;
  Portez-lui vos hommages.
N'oubliez pas vos chalumeaux
  Ni vos douces musettes,
Et faites de vos airs nouveaux
  Retentir ces retraites.

B. Mon Dieu ! quelle est donc cette voix
  Qui frappe mon oreille ?
Doux et puissant tout à la fois,
  Son accent me réveille.
Jamais encor je n'entendis
  Voix qui sut mieux me plaire ;
C'est un écho du Paradis
  Arrivant à la terre !

A. Berger, tu parles justement :
  Le soleil de la grâce
Vient de briller au firmament ;

L'obscurité s'efface.
Pour sauver l'homme criminel,
   Jésus-Christ vient de naître,
Et je descends du haut du ciel
   Pour annoncer mon Maître.

B. Oh ! quel éclat frappe mes yeux
   Malgré la nuit profonde !
Je le crois, c'est le Roi des cieux
   Qui vient de naître au monde ;
Je sens déjà dans mon esprit
   La grâce qui m'éclaire,
Et sa lumière me suffit
   Pour un si grand mystère.

A. Viens donc, berger ; ne tarde pas
   De lui montrer ton zèle ;
On ne peut trop hâter ses pas
   Quand un Dieu nous appelle.
Cours éveiller tout le hameau,
   Et que chacun s'empresse
De venir voir dans le berceau
   Ce Dieu plein de tendresse.

B. Allons, bergers, éveillez-vous,
   Courons voir le Messie.
Ange du ciel, conduisez-nous
   A l'Auteur de la vie.
Enseignez-nous l'heureux séjour
   Choisi pour sa naissance.
Nous allons vers lui pleins d'amour
   Et de reconnaissance.

Chant joyeux sur la naissance de Jésus-Christ.

Il est né, le divin Enfant;
Jouez, hautbois, résonnez, musettes;
Il est né, le divin Enfant;
Chantons tous son avènement.

Depuis plus de quatre mille ans,
Nous le promettaient les prophètes;
Depuis plus de quatre mille ans,
Nous attendions cet heureux temps.

Ah! qu'il est beau! qu'il est charmant!
Ah! que ses grâces sont parfaites!
Ah! qu'il est beau! qu'il est charmant!
Qu'il est doux, ce divin Enfant!

Une étable est son logement;
Un peu de paille est sa couchette;
Une étable est son logement:
Pour un Dieu quel abaissement!

Il veut nos cœurs, il les attend;
Il vient en faire la conquête;
Il veut nos cœurs, il les attend;
Qu'ils soient à lui dès ce moment.

Partez, ô Rois de l'Orient,
Venez vous unir à nos fêtes;
Partez, ô Rois de l'Orient,
Venez adorer cet Enfant.

O Jésus, ô Roi tout-puissant,
Tout petit enfant que vous êtes,
O Jésus, ô Roi tout-puissant,
Régnez sur nous entièrement.

Même sujet.

Les Anges dans nos campagnes
Ont entonné l'hymne des cieux,
Et l'écho de nos montagnes
Redit ce chant mélodieux

REFRAIN.

Gloria in excelsis Deo.

Berger, pour qui cette fête ?
Quel est l'objet de tous ces chants ?
Quel vainqueur, quelle conquête
Mérite ces cris triomphants ?

Ils annoncent la naissance
Du Libérateur d'Israël,
Et pleins de reconnaissance
Chantent en ce jour solennel :

Cherchons tous l'heureux village
Qui l'a vu naître sous ses toits ;
Offrons-lui le tendre hommage
Et de nos cœurs et de nos voix.

Dans l'humilité profonde
Où vous paraissez à nos yeux,
Pour vous louer, Roi du monde,
Nous redirons ce chant joyeux :

Déjà par la voix de l'Ange,
Par les hymnes des Chérubins,
La terre sait la louange
Qui se chante aux parvis divins :

Bergers, quittez vos retraites,
Unissez-vous à leurs concerts,
Et que vos tendres musettes
Fassent retentir dans les airs :

Dociles à leur exemple,
Seigneur, nous viendrons désormais,
Au milieu de votre temple,
Chanter avec eux vos bienfaits.

Les volatiles
à la crèche de l'Enfant Jésus.

Pour honorer les langes
Du Roi de l'univers,
Tous les oiseaux divers
Volent après les anges
Répandus dans les airs,
Et mêlent leurs louanges
Aux célestes concerts.

L'Enfant dans son silence,
Par des signes parlants
Applaudit à leurs chants ;
Eux, par reconnaissance,
Députent de leurs rangs
En sa sainte présence
Quelques-uns tous les ans.

Au monarque suprême
L'aigle dit : « Je suis roi ;
« Partout je fais la loi ;
« Je suis empereur même ;
« Mes armes en font foi ;
« Mais de mon diadème
« L'honneur n'est dû qu'à toi. »

Au berceau l'hirondelle
Vient payer son tribut ;
Le pinson, la puput
Volent d'un même zèle,
Et n'ont point d'autre but
Que d'y faire comme elle
Un gracieux salut.

« Hélas ! quelle misère ! »
Dit-elle en arrivant.
« Tendre et charmant Enfant,
« J'offre mon ministère
« Pour votre logement :
« Je le saurai bien faire
« Chaud, solide, élégant. »

Après elle la caillé,
S'approchant du Sauveur,
Témoigna sa douleur
De le voir sur la paille
Et lui dit : « O Seigneur,
« Se peut-il qu'il vous faille
« Un peu de ma chaleur ! »

Alors la tourterelle
Vint faire doucement
Son petit compliment
De sa voix naturelle.

2

L'état du pauvre Enfant
Fut matière nouvelle
A son gémissement.

L'alouette légère
Ayant volé trop haut,
Descendit aussitôt,
Voyant que sur la terre
Naissait un Roi si beau,
Et finit sa carrière
Tout auprès du berceau.

Le pinson non moins sage
Vint charmer le Sauveur,
Lui disant de bon cœur,
Dans son petit langage :
« Je vous aime, Seigneur ;
« Recevez l'humble hommage
« De votre serviteur. »

D'un bosquet de Provence
Tout fraîchement parti
Et non moins réjoui
Dans cette circonstance,
Le serin vint aussi,
Disant : « Votre naissance,
« Seigneur, m'amène ici. »

Le paon de son plumage
Toujours si glorieux,
Voyant le Roi des cieux
En si pauvre équipage,
N'osait trop à ses yeux
Faire un vain étalage
De ses joyaux pompeux.

Il lève enfin la tête,
Puis, d'un air triomphant,

Vient en se pavanant,
Présenter sa requête :
« Faites, ô saint Enfant, »
Dit-il, « qu'en cette fête
« J'obtienne un plus beau chant. »

La cigale indiscrète
Entonne un très long cri :
On en fut étourdi ;
L'assistance muette
En souffrit ; mais aussi
Le chant de la fauvette
En parut plus joli.

Seul de sa compagnie,
En perdant la raison,
Entra le papillon,
Qui, par cérémonie
Ou par dévotion,
Au feu d'une bougie
Brûla son manteau long.

Le tarin des bocages
S'envole promptement
Sur le sein de l'enfant,
Et par ses doux ramages
Le plaint si joliment
Qu'il ravit les Rois mages
Arrivés d'Orient.

Le rossignol, à l'ombre
Des palmiers d'alentour,
Laissa passer son tour,
Et sur des airs sans nombre
S'exerçant tout le jour,
Attendit la nuit sombre
Pour mieux faire sa cour.

Serons-nous immobiles
En tous ces mouvements ?
Si nos corps sont pesants,
Rendons nos cœurs agiles :
Vers Jésus, tout fervents,
Suivons les volatiles ;
Car en voici le temps.

———

Les bergers et les Mages sont appelés à la crèche ; massacre des Innocents.

Quittez, pasteurs,
Et bercail et houlette,
Et le hameau
Et le soin du troupeau ;
Séchez vos pleurs ;
Votre joie est parfaite :
Allez tous adorer
Un Dieu (*bis*) qui vient vous consoler.

Vous le verrez
Couché dans une étable,
Ce pauvre Enfant,
Nu, pauvre, languissant ;
Reconnaissez
Son amour ineffable :
C'est pour vous protéger
Qu'il est (*bis*) le fidèle Berger.

Rois d'Orient,
L'étoile vous éclaire :
Au seul grand Roi

Rendez hommage et foi.
L'astre brillant
Vous mène à la lumière
De ce Soleil naissant :
Offrez (*bis*) l'or, la myrrhe et l'encens.

Gardez-vous bien
De passer chez Hérode :
C'est un menteur,
Un criminel flatteur.
L'esprit malin
Près de lui toujours rôde
Lui soufflant son venin.
Passez (*bis*) par un autre chemin.

Ce malheureux
Dit finement aux Mages
D'aller trouver
Le Roi qui vient régner,
Et qu'après eux,
Lui rendant ses hommages,
Il ira l'adorer.
Il veut (*bis*) pourtant le massacrer !

Mères, craignez
Sa fureur et sa rage.
De tous côtés
On voit vos nouveau-nés
De sang baignés.
Quel horrible carnage !
La peur vous fait pâlir
De voir (*bis*) ces innocents mourir !

Esprit divin,
A qui tout est possible,
Brûlez nos cœurs

De vos saintes ardeurs.
Dieu trois fois saint
Pour nous se rend passible :
En venant s'incarner,
Au ciel (*bis*) il veut nous couronner.

**Pauvreté de Jésus naissant ; les bergers
et les Mages lui portent leurs dons.**

Pour un maudit péché
L'Auteur de la nature,
Pour un maudit péché
Jésus-Christ est couché
Gémissant sur la dure :
Ah ! qu'il me fait pitié,
Dans sa pauvre masure
Caché !

Il naît dans le recoin
D'une indigente étable ;
Il naît dans le recoin,
Sur la paille et le foin.
Son amour ineffable
L'a réduit à ce point
D'être en un pitoyable
Besoin !

Il n'a pas de berceau,
Le doux Fils de Marie ;
Il n'a pas de berceau,

Cet innocent Agneau.
Il commence sa vie
Entre deux animaux :
Elle sera remplie
　　De maux.

Trois Mages d'Orient
Ont vu son astre luire ;
Trois mages d'Orient
Ont offert leur présent :
L'un apporte la myrrhe,
L'un l'or, l'autre l'encens,
Et chacun d'eux admire
　　L'Enfant.

Les pasteurs d'alentour
Lui portent leur hommage,
Les pasteurs d'alentour
Viennent faire leur cour.
Un céleste message
Révélant son séjour,
De tout le voisinage
　　On court.

Adorons cet Enfant
Et révérons sa Mère ;
Adorons cet Enfant
Qui vient verser son sang
Pour apaiser son père,
Dont tous les fils d'Adam
Provoquent la colère
　　Souvent.

Que chacun plein d'ardeur,
L'âme dans l'allégresse,
Que chacun plein d'ardeur,

Pour voir ce doux Sauveur,
A lui porter s'empresse
Ce qu'il a de meilleur,
Mais avant tout lui laisse
Son cœur !

Le voyage des Rois mages à la crèche de l'Enfant Jésus.

Au matin,
J'ai rencontré le train
De trois grands Rois s'en allant en voyage ;
Au matin,
J'ai rencontré le train
De trois grands Rois allant par le chemin.
J'ai vu d'abord
Gardes du corps,
Gens bien armés et mis comme un jeune
J'ai vu d'abord   page ; (1)
Gardes du corps
Resplendissants de broderies et d'or.

Les chameaux
(Nul n'en vit de plus beaux,)
Etaient chargés d'un splendide équipage
Les chameaux
(Nul n'en vit de plus beaux,)
Portaient trésors et bijoux tout nouveaux.
Fifre et tambour
Tout alentour

(1) Ce vers de onze syllabes appartient au texte provençal et est exigé par la mélodie.

De temps en temps faisaient un bruyant ta-
    Fifre et tambour   [page ;
    Tout alentour
Sonnaient gaîment la marche tour à tour.

    Sur un char
    Tout drapé de brocart
Etaient les Rois semblables à des Anges ;
    Sur un char
    Tout drapé de brocart
Se déployait un brillant étendard ;
    Et les hautbois
    Avec les voix
Du Dieu du ciel faisaient sonner les louanges ;
    Et les hautbois
    Avec les voix
Disaient des airs d'un admirable choix.

    Tout ravi
    Et chantant à l'envi,
Je me rangeai pour voir cet équipage ;
    Tout ravi
    Et chantant à l'envi,
Sans me lasser je l'ai toujours suivi.
    L'astre brillant
    Nous précédant
En tout endroit aux Rois montrait le passage ;
    L'astre brillant
    Nous précédant
Ne s'arrêta qu'au-dessus de l'Enfant.

    Pleins de foi,
    Ils adorent leur Roi :
A deux genoux ils lui font leur prière ;
    Pleins de foi,
    Ils adorent leur Roi,
Reconnaissant son admirable Loi.

Gaspard d'abord
Lui donne l'or
Et dit qu'Il est Roi du ciel et de la terre ;
Gaspard d'abord
Lui donne l'or
Et dit partout qu'Il vient vaincre la mort.

Pour présent
Melchior offre l'encens :
C'est de sa foi l'indubitable gage :
Pour présent
Melchior offre l'encens,
Et reconnaît en lui le Tout-Puissant.
« La pauvreté,
« L'humilité
« De votre amour, dit-il, sont le témoignage ;
« La pauvreté,
« L'humilité
« N'empêchent pas votre divinité. »

« Quant à moi, (1)
(« J'en gémis, ô mon Roi,)
« En sanglotant, je vous offre la myrrhe :
« Quant à moi,
(« J'en gémis, ô mon Roi.
« Le cœur saisi d'un indicible effroi,)
« Baigné de pleurs,
« Dans les douleurs,
« Je vois un Dieu qui sur une croix expire,
« Baigné de pleurs,
« Dans les douleurs,
« Je vois un Dieu mourir pour les pécheurs.

Traduit du Noël provençal de Domergue
Ay matin.

(1) Les paroles sont dans la bouche de Balthazar que le texte ne nomme pas.

Même sujet.

Allons, suivons les Mages,
Qui, portant leur présent,
Vont rendre leurs hommages
A ce divin Enfant.

REFRAIN.

Mais le meilleur
Est qu'ils donnent leur cœur ;
Un cœur fervent
Est tout ce qu'il attend.

Le premier d'eux lui donne,
Pour gage de sa foi,
Son or et sa couronne,
Et le proclame Roi.

Le second lui présente
L'encens comme à son Dieu ;
Il n'est plus dans l'attente :
Il le voit en ce lieu.

Le troisième désire
L'honorer à son tour ;
Il lui donne la myrrhe
Pour son tombeau d'un jour.

Si pour toute demande
Il ne veut que le cœur,
Ah! faisons notre offrande
A ce divin Sauveur.

REFRAIN.

C'est mon seul bien :
Je lui donne le mien.
Faites ainsi ;
Donnez le vôtre aussi.

Même sujet.

Quand notre divin Maître
Fut né dans ces bas lieux,
Trois Rois virent paraître
Un astre dans les cieux.
Aux yeux de ces Rois mages
Cet astre était nouveau ;
Jamais sur leurs rivages
On n'en vit de si beau.

La voix de ce miracle,
A leur esprit confus,
Servit comme d'oracle
Pour annoncer Jésus :
En vain d'un sombre voile
La nuit couvre les airs ;
Ils suivent leur étoile
Par cent climats divers.

Cette clarté qu'ils suivent
Leur trace leur chemin ;
A la fin ils arrivent
Sur les bords du Jourdain.
Quelle horreur s'y prépare !
Que de sang ! que de morts !
C'est un tyran barbare
Qui règne sur ces bords.

Au bruit de leur venue
Hérode est alarmé :
La cause en est connue ;
Il en est informé :
Il sait que les Rois Mages,
Pleins d'une ardente foi,
Vont rendre leurs hommages
Au Christ, au nouveau Roi.

Son lâche cœur se trouble ;
Il les fait appeler,
Et sa frayeur redouble
A les ouïr parler ;
Mais il fait violence
A son secret courroux ;
Il cache sa vengeance
Pour mieux porter ses coups.

Frappé de jalousie,
Il demande en quel lieu
Doit naître le Messie,
Le Christ choisi de Dieu.
Le docteur et le prêtre
Lui disent tour à tour
Que Bethléem doit être
Ce fortuné séjour.

« Allez, dit-il aux Mages,
« Trouver ce nouveau-né ;
« On lui doit des hommages,
« Puisqu'il est couronné.
« Revenez tout m'apprendre ;
« Ne soyez point jaloux ;
« J'ai mon hommage à rendre
« Au Christ ainsi que vous. »

Les Mages le promirent
Avec sincérité,
Et d'abord ils reprirent
Leur route en liberté.
Cet astre qu'on voit luire
Si beau, si merveilleux,
Devient pour les conduire
Toujours plus lumineux.

Mais, ô chose admirable
Et qui les enchanta !
Au-dessus d'une étable
L'étoile s'arrêta.
L'Auteur de la nature
Est né dans ce saint lieu,
Et leur foi vive et pure
Y va chercher son Dieu.

Tous trois ils l'adorèrent
Et firent leurs présents ;
La myrrhe ils lui donnèrent
Avec l'or et l'encens ;
Mais l'âme intimidée
Par un avis divin,
Ils quittent la Judée
Par un autre chemin.

Même sujet.

LES ROIS MAGES OFFRENT LEURS PRÉSENTS A L'ENFANT JÉSUS.

Les trois Rois ensemble.

Roi qui lances le tonnerre
    Sur la terre,
Et qui brilles dans les cieux,
Du couchant jusqu'à l'aurore
    On t'adore ;
Ton saint nom vole en tous lieux.

Reçois les profonds hommages
    De trois Mages
Qu'une étoile ici conduit :

Son éclat, ses vives flammes
De nos âmes
Ont chassé la sombre nuit.

Vois l'ardeur qui nous anime,
Qui s'exprime
Par nos vœux les plus pressants;
A cet humble sacrifice
Sois propice :
Daigne accepter nos présents.

Le premier Roi, présentant l'or.

Du métal que je te donne
Ta couronne
N'a jamais pris sa splendeur :
Je confesse, ô Roi suprême,
Que toi-même
Tu fais toute ta grandeur.

Nous, pauvres Rois que nous sommes,
Faibles hommes,
Cet éclat frappe nos yeux ;
Mais nous devons reconnaître,
Divin Maître,
Que tu brilles cent fois mieux.

Le second Roi, présentant l'encens.

L'encens que ma main tremblante
Te présente
Prouve ta divinité ;
C'est l'amour qui t'humilie
Et t'allie
Avec notre humanité.

Le Dieu que le Ciel adore,
Qu'on implore,
A daigné naître en ce lieu ;
Qui l'aurait jamais pu croire ?
Quelle gloire !
Notre frère est notre Dieu.

Le troisième Roi, présentant la myrrhe.

Ah ! que mon présent m'afflige !
Il m'oblige
A te voir comme un mortel :
Cette myrrhe te déclare
Qu'on prépare
Un tombeau pour ton autel.

Ce tombeau, malgré l'envie,
A ta vie
Promet un éclat nouveau ;
Et le prix de ta victoire,
Roi de gloire,
N'en doit être que plus beau.

Les Bergers devant la crèche de l'Enfant Jésus.

Au pied de ton humble berceau
Un tendre amour nous jette ;
Fais naître en nous un cœur nouveau,
Une flamme parfaite.
Divin Enfant, céleste Roi,
Accepte notre hommage,
Et de l'ardeur de notre foi
Prends ces tributs pour gage.

Tu sais, sans te le découvrir,
　Quelles sont nos misères;
Cependant nous venons t'offrir
　Nos brebis les plus chères.
Nos troupeaux sont tout notre bien,
　Toute notre puissance;
Pour l'or, nous le comptons pour rien :
　Il corrompt l'innocence.

Nous ne faisons point de jaloux
　Dans le rang où nous sommes;
A peine parle-t-on de nous
　Parmi les autres hommes;
Mais puisque enfin c'est dans nos bois
　Que tu reçois la vie,
A l'avenir les plus grands rois
　Nous porteront envie.

Tu fais bien voir. en rejetant
　Le monde et ses richesses,
Que l'on ne peut qu'en t'imitant
　Mériter tes largesses;
Que tout ce qui frappe les yeux,
　Cette vaine opulence,
N'est pas un bien si précieux
　Qu'une sainte indigence.

Par tes sanglots, par tes soupirs,
　Tu nous fais bien connaître
Que ce n'est pas pour les plaisirs
　Qu'ici-bas on doit naître;
Qu'avec soin dans ces tristes lieux,
　Il faut qu'on te contemple;
Que pour nous élever aux cieux
　Toi seul nous sers d'exemple.

Nous brûlons tous de t'imiter :
  Accorde-nous tes grâces ;
Rien ne peut plus nous arrêter ;
  Nous marchons sur tes traces.
Sois le modèle de nos cœurs,
  Flambeau de la nature ;
Ce n'est qu'à force de rigueurs
  Que la vertu s'épure.

———

Un berger exhorte ses compagnons à se rendre à la crèche de l'Enfant Jésus.

Allons voir Jésus naissant :
C'est le Fils du Tout-Puissant.
Remplissons tous nos hameaux
Du son des hautbois et des chalumeaux ;
  Remplissons tous nos hameaux
De nos chants les plus nouveaux.

Que tout chante dans ces lieux
Comme on chante dans les cieux.
Tous les anges, dans les airs,
Chantent : « Gloire à Dieu, paix à l'univers! »
  Tous les anges, dans les airs,
Forment de charmants concerts.

Gais bergers, ne tardez pas,
Accourez, suivez mes pas ;
Venez tous en ce beau jour
Au plus grand des rois faire votre-cour ;
  Venez tous en ce beau jour
Pour répondre à son amour.

Laissons nos moutons épars
Bondissant de toutes parts :
Nous ne craignons plus les loups ;
Un nouveau Pasteur veille ici sur nous ;
Nous ne craignons plus les loups ;
Le ciel n'est plus en courroux.

Mais quand ces fiers animaux
Attaqueraient nos troupeaux,
Pour un Dieu si plein d'appas,
On compte pour rien les biens d'ici-bas ;
Pour un Dieu si plein d'appas,
Que ne quitterait-on pas ?

Auprès du souverain bien,
Tout le reste n'est plus rien :
Un Dieu se donne aujourd'hui :
Pour tout autre bien soyons sans ennui ;
Un Dieu se donne aujourd'hui :
Nous avons tout avec lui.

Le voici, l'heureux séjour
Où triomphe son amour.
Quelle ardeur vient m'enflammer !
Que de doux transports viennent me charmer !
Quelle ardeur vient m'enflammer !
Tout me dit qu'il faut l'aimer.

Le voici, ce doux Sauveur :
Cet objet ravit mon cœur.
Qu'il est beau, qu'il est charmant !
Qu'il mérite bien notre empressement !
Qu'il est beau, qu'il est charmant !
Qu'il nous aime tendrement !

Dans nos cœurs, divin Enfant,
Votre amour est triomphant :
Nos cœurs se donnent à vous,
Et c'est le présent le plus cher de tous ;
Nos cœurs se donnent à vous :
C'est l'hommage le plus doux.

Les bergers, sur l'invitation d'un Ange,
se rendent à la crèche.

L'Ange aux bergers.

Le Sauveur vient de naître ;
Pasteurs, éveillez-vous ;
Laissez vos brebis paître ;
Ne craignez point les loups.
Allez le reconnaître ;
Car il est né pour vous.
Le Sauveur vient de naître ;
Pasteurs, éveillez-vous.

Dans une pauvre étable,
Entre deux animaux,
Cet Enfant adorable,
Sujet à tous les maux,
Naît, pauvre et misérable,
Pour les plus durs travaux,
Dans une pauvre étable,
Entre deux animaux.

Vous y verrez la Mère
Adorer son Enfant,
Et saint Joseph, son père,
Le baiser doucement.

Il est couché par terre,
Le Fils du Tout-Puissant!
Vous y verrez la Mère
Adorer son Enfant.

Les Bergers.

Merveilleuse nouvelle!
Bergers, partons soudain.
A la Vierge fidèle
Portons et chanvre et lin,
Et marquons notre zèle
Pour cet Enfant divin.
Merveilleuse nouvelle!
Bergers, partons soudain.

Je vois une humble grange:
Sans doute c'est ici!
Il me souvient que l'Ange
Nous l'annonçait ainsi
En chantant sa louange.
Ah! chantons nous aussi.
Je vois une humble grange:
Sans doute c'est ici!

O ciel! quelle misère
Souffre le Roi des rois!
Sa pauvreté m'éclaire
Et me touche à la fois.
Je veux toujours lui plaire
Et vivre sous ses lois.
O ciel! quelle misère
Souffre le Roi des rois!

Même sujet.

Dieu vient de naître en une grange ;
　　　Son ange
　　Vient de m'en avertir ;
Bergers, y voulez-vous venir ?
Allons voir ce prodige étrange :
Dieu vient de naître en une grange, etc.

Il commence à briser la chaîne
　　　Que traîne
　　Le pécheur après lui.
Pour la rompre dès aujourd'hui,
Il se met lui-même à la gêne.
Il commence à briser la chaîne, etc.

Quoiqu'il souffre et soit dans les larmes,
　　　Ses charmes
　　Sont, dit-on, ravissants ;
Sans l'avoir vu, déjà je sens
Que, pour me vaincre, il a des armes.
Quoiqu'il souffre et soit dans les larmes, etc.

Même sujet.

« Allez voir, » disait l'Ange
Aux bergers d'alentour,
« Sans feu, sans bois, sans lange,
« Un Dieu dans une grange.
　　« Qu'avant le jour
　　« Chacun se range
　　« Dans ce séjour
　　« Faire sa cour. »

Il n'est point de bergère
Qui ne vienne en son rang ;
Chacune à sa manière
A des présents à faire ;
 L'une à l'Enfant,
 L'autre à la Mère
 Offre humblement
 Du linge blanc.

A la bande rustique
Vient se joindre à l'instant
L'agréable musique
De la troupe angélique.
 Ah ! que ce chant
 Est magnifique !
 Ah ! que ce chant
 Est ravissant !

Le ciel veut qu'on s'entende
Avec ces purs Esprits ;
Que nul ne s'en défende,
Et que chacun se rende
 Au divin Fils
 Faire une offrande
 De tous les fruits
 Les plus exquis.

———————

Les bergers invitent toute la nature à
célébrer avec eux la naissance du
Messie.

Chantons les louanges
D'un Dieu plein d'amour ;
Imitons les anges
Dans un si grand jour.

Avec leurs trompettes
Mêlons nos hautbois,
Et dans nos retraites
Disons mille fois :

REFRAIN.

Jésus est né ! *(bis)* Cieux! quel bonheur !
Gloire à l'aimable Sauveur !

Que chacun s'assemble
Dans ces lieux charmants;
Montrons tous ensemble
Nos empressements.
Que l'écho fidèle
Du fond de nos bois,
Suivant notre zèle,
Réponde à nos voix.

Que tout soit sensible
A notre bonheur ;
Que l'hiver terrible
Calme sa rigueur :
Que tous ces bocages,
Ces prés, ces vallons,
Bravent les ravages
Des fiers aquilons.

Paisibles fontaines,
Tranquilles ruisseaux,
Faites dans les plaines
Serpenter vos eaux.
Qu'à ce doux murmure,
Le charmant printemps
Rende la verdure
Et les fleurs aux champs.

Pourquoi tant attendre,
Aimables oiseaux,
De nous faire entendre
Vos concerts nouveaux?
De nos saints hommages
Devenez jaloux,
Et dans vos ramages
Dites avec nous :

Brebis innocentes,
Et vous, chers moutons,
Sur les fleurs naissantes
Faites mille bonds.
Que tu vas bien paître,
Trop heureux troupeau !
Il te vient de naître
Un Pasteur nouveau.

O quelle allégresse
Règne dans les cieux !
Chacun s'intéresse
A nos chants joyeux.
A peine on voit luire
Ce jour fortuné
Que tout semble dire :
« Le Sauveur est né ! »

Sentiments d'amour pour l'Enfant Jésus.

A minuit, Dieu s'est fait enfant, (*bis*)
Ah ! qu'il est beau ! qu'il est charmant !

REFRAIN.

Je l'aime ! (*bis*)
Qu'il est beau cet Enfant !
C'est l'amour même !

Pour louer ce Dieu tout-puissant, (*bis*)
Il faut être ange assurément.

Son nom est rempli de douceur : (*bis*)
C'est Jésus, le divin Sauveur.

Mon cœur n'a plus de liberté : (*bis*)
Le saint Enfant l'a captivé.

Mais si Jésus a pris mon cœur, (*bis*)
C'est pour en faire le bonheur.

Je dis à cet aimable Roi : (*bis*)
« Je suis à vous, et vous à moi ! »

Vierge qui l'avez enfanté, (*bis*)
Grâce à vous l'enfer est dompté !

Oh ! quelle ineffable faveur ! (*bis*)
Vous êtes Mère du Seigneur.

Vous êtes notre mère aussi : (*bis*)
Obtenez-nous grâce et merci.

Faites qu'à votre auguste Enfant (*bis*)
Nous disions éternellement :
Je l'aime, etc.

Dialogue entre deux bergers au sujet de la naissance du Messie.

Ami, d'où venait ce grand bruit
Qui m'a réveillé cette nuit,
Et tous ceux de mon voisinage ?
Vraiment, j'étais bien en courroux
D'entendre par tout le village :
« Allons, bergers, (*bis*) réveillez-vous !
« Allons, bergers, réveillez-vous ! »

— Quoi donc ! ami, ne sais-tu pas
Qu'un Dieu vient de naître ici-bas ;
Qu'il est logé dans une étable ;
Qu'une humble crèche est son berceau ?
Et dans cet état misérable,
On ne peut voir *(bis)* rien de plus beau ! *(bis)*

— Qui t'a dit qu'en ce pauvre lieu
Voulait bien s'abaisser un Dieu
Pour qui rien n'est trop magnifique ?
— Les Anges nous l'ont fait savoir
Par leur ravissante musique
Qui s'entendit *(bis)* hier tout le soir. *(bis)*

Plusieurs déjà s'y sont rendus
Et bientôt en sont revenus
En disant que c'est le Messie :
Que c'est cet aimable Sauveur
Qui, selon notre prophétie,
Doit nous causer *(bis)* tant de bonheur. *(bis)*

Sans plus tarder, allons donc tous,
Allons saluer à genoux
Notre Seigneur et notre maître,
Et dans cet admirable jour
Où pour nous l'amour l'a fait naître,
Allons pour lui *(bis)* mourir d'amour. *(bis)*

— Eh bien ! partons : il en est temps.
Je veux lui porter des présents
En signe de reconnaissance ;
Puis, lui souhaitant le bonsoir,
Je lui ferai ma révérence :
« O doux Enfant, *(bis)* jusqu'au revoir ! » *(bis)*

— Ah ! cher ami, que dis-tu là !
Il ne faut pas faire cela.
J'aimerais mieux perdre la vie.

Restons toujours en ce saint lieu ;
Tenons-lui toujours compagnie
Et ne disons (*bis*) jamais adieu. (*bis*)

Pour moi, je suis plutôt d'avis
De retirer ce divin Fils
De l'étable en ma maisonnette,
Où j'ai préparé sur deux bancs
Un lit en forme de couchette,
Et des linceuls (*bis*) qui sont tout blancs. (*bis*

Oui, le plus ardent de mes vœux
C'est de recevoir de mon mieux
Jésus, et Joseph, et Marie.
Quand ils seront tous trois chez moi,
Ma maison sera plus jolie
Que le palais (*bis*) du plus grand roi. (*bis*)

Dès aujourd'hui dans ce dessein,
Sans attendre jusqu'à demain,
Je veux quitter ma bergerie,
Et j'abandonne mon troupeau
Pour mieux garder, toute ma vie,
Dans ma maison (*bis*) ce saint Agneau. (*bis*)

Débat des Fleurs qui veulent couronner l'Enfant Jésus.

La Rose.

Notre bon Maître
Vient de paraitre,
Notre bon Maître
Se fait mortel.

Moi, je lui tresse une couronne,
Puisqu'il est le Roi du ciel.
Ma qualité de Reine ici me donne
Le droit d'orner le front de l'Eternel. } bis.

La Tulipe.

Dieu! ce qu'elle ose,
Cette humble rose !
Dieu! ce qu'elle ose,
Et sans pudeur !
Cette autorité souveraine
Que tu prends sur chaque fleur
N'empêche pas que je n'en sois la Reine : } bis.
Ainsi je dois couronner le Sauveur.

L'Œillet.

Tu fais la fière,
Tulipe altière :
Tu fais la fière,
Mais moi j'en ris.
Car grâce à ma couleur aimable,
Grâce à mon parfum exquis,
Bien plus que toi je sais être agréable : } bis.
Ainsi je dois couronner Jésus-Christ.

La Couronne impériale.

Ta bigarrure
Est ta parure ;
Ta bigarrure
Est ton honneur.
Mais quelle arrogante rivale
Ne le cède à ma splendeur ?
Sais-tu mon nom ? Couronne impériale. } bis.
C'est moi qui dois couronner le Seigneur

La Violette.

J'ai mon mérite,
Quoique petite,
J'ai mon mérite,
En vérité.
Si sous les gazons je me cache,
N'est-ce pas humilité ?
Non, parmi vous nul qui mieux que moi sache
Couronner Dieu dans l'étable abrité.

Le Lis.

Un Dieu saint m'aime
Pour diadème,
Un Dieu saint m'aime :
A moi l'honneur !
Car par ma blancheur virginale,
Je révèle sa candeur ;
Et les parfums que ma corolle exhale
De ses vertus sont la suave odeur. } bis.

Le Jasmin.

Quoique je puisse
Avec justice,
Quoique je puisse
Aussi lutter,
Pour éviter toute querelle,
Il faudra toutes nous mêler.
Notre couronne en deviendra plus belle : } bis.
Unissons-nous ; c'est assez disputer.

Chant d'allégresse à la naissance du Sauveur.

Quelle réjouissance
Dans ces bas lieux
Règne par la naissance
Du Roi des cieux !
Tout retentit de chants nouveaux ;
Mille et mille échos
Chantent Gloria.
O la divine enfance !
Alleluia !

Sur le ton le plus tendre,
Parmi les airs
Les Anges font entendre
Mille concerts.
Pour louer un bonheur sans prix
Ces heureux esprits
Chantent Gloria.
Répondons sans attendre
Alleluia !

Voici le jour propice
Où le Seigneur
Veut qu'enfin s'accomplisse
Notre bonheur.
Des prophètes cent et cent fois
Empruntant la voix,
Il nous l'annonça :
Que chacun le bénisse !
Alleluia !

Quand la fatale pomme
Nous perdit tous,
Dieu contre un vil atome

Plein de courroux,
Voulut l'écraser tout d'abord ;
Mais l'amour plus fort
Bientôt l'emporta :
Le Verbe s'est fait homme,
Alleluia !

O jour des plus célèbres !
En plein minuit
Le prince des ténèbres
Tremble et s'enfuit ;
Son trône redoute un berceau ;
Le loup craint l'Agneau
Qui le détruira.
Plus de pensers funèbres !
Alleluia !

Satan, mis en furie
Par nos concerts,
Frémit, menace, crie
Dans les enfers.
Redoublons nos chants et nos sons :
Plus nous chanterons,
Plus il frémira.
Gloire au Fils de Marie !
Alleluia !

Même sujet.

Partez donc, chaste Marie,
Suivant l'édit ; (*bis*)
Car voici la prophétie
Qui s'accomplit :
Les temps marqués sont venus.
Vive Jésus !

Mais tout est plein dans la ville.
Que d'embarras ! (*bis*)
Un séjour si peu tranquille
Ne permet pas
D'y loger tant de vertus.
Vive Jésus !

Il ne s'offre en la contrée
Dans ce concours (*bis*)
Qu'une étable retirée,
Sans nul secours.
La mousse croît au-dessus.
Vive Jésus !

Dieu sur cette humble indigence
Jette les yeux : (*bis*)
Et remplis de diligence,
Du haut des cieux
Les Anges sont descendus.
Vive Jésus !

Laissons charmer nos oreilles
Au doux récit *bis*)
De ces divines merveilles.
Tout nous le dit :
Nos trésors nous sont rendus.
Vive Jésus !

Gloire à Dieu dans l'empyrée
Et pour jamais ! (*bis*)
Que sur la terre habitée
Tout soit en paix.
Les démons sont confondus !
Vive Jésus !

Doutez-vous de ces miracles,
Peuples gentils ? (*bis*)
Interrogez vos oracles :

3

Que disent-ils ?
Muets sont-ils devenus ?
Vive Jésus !

Qu'est-ce que Jésus demande
En ce saint jour ? (*bis*)
Il n'exige d'autre offrande
Que notre amour.
Aimons-le donc, rien de plus !
Vive Jésus !

A LA TRÈS-SAINTE VIERGE.

Le sommeil de Jésus. — *Berceuse.*

Entre le bœuf et l'âne gris
Dort, dort, dort votre cher fils.
Mille Chérubins,
Mille Séraphins
Veillent à l'entour
De l'Enfant plein d'amour.

Entre les pastoureaux jolis
Dort, dort, dort votre cher fils.
Mille Chérubins,
Mille Séraphins
Volent à l'entour
De l'Enfant plein d'amour.

Entre les roses et les lis
Dort, dort, dort votre cher fils.
Mille Chérubins,
Mille Séraphins
Rêvent à l'entour
De l'Enfant plein d'amour.

Entre vos bras si gracieux
Dort, do t, dort le Roi des cieux.
        Mille Chérubins,
        Mille Séraphins
        Dorment à l'entour
De l'Enfant plein d'amour.

En ce jour grand et solennel
Dort, dort, dort l'Emmanuel.
        Mille Chérubins,
        Mille Séraphins
        Chantent à l'entour
De l'Enfant plein d'amour.

Entre les larrons sur la croix
Dort, dort, dort le Roi des rois.
        Mille Chérubins,
        Mille Séraphins
        Pleurent à l'entour
Du Sauveur plein d'amour.

Charmes de Jésus dans sa crèche.

        Dans ce jour
Où Dieu pour nous daigne naître,
Que chacun fasse paraître
Et lui marque tour à tour
        Dans ce jour
Son respect et son amour.

Loin du tumulte et du bruit,
        A minuit,
Et dans une paix profonde,

Un nouveau Soleil, qui luit
Dans la nuit,
Naît d'une vierge féconde.
Divin fruit,
En qui tout mérite abonde,
Vous attirez tout le monde
Au pied de votre berceau.
Qu'il est beau,
L'Enfant-Dieu, ce doux Agneau!

Les Anges, à qui mieux mieux,
Dans les cieux
Disent, chantant ses louanges,
Que cet Enfant précieux
Dans ces lieux
Est enveloppé de langes.
Que nos yeux
Voient ces merveilles étranges
Que nous annoncent les Anges!
Allons tous à son berceau!
Qu'il est beau,
L'Enfant-Dieu, ce doux Agneau!

Bethléem, que dans ce jour
Ton séjour
Me paraît incomparable!
Chacun vient faire sa cour
Tour à tour
Dans ton humble et pauvre étable.
Saint amour,
Qui dans cette crèche aimable,
Par un prodige admirable,
Daigne trouver son berceau!
Qu'il est beau,
L'Enfant-Dieu, ce doux Agneau!

Suivez les célestes chœurs,
   O pasteurs,
Et rendez lui vos hommages.
Prévenez par les ardeurs
   De vos cœurs
Les riches présents des Mages.
   Que d'honneurs !
Que d'illustres avantages !
Voir les simples et les sages
Prosternés à ce berceau !
   Qu'il est beau,
L'Enfant-Dieu, ce doux Agneau !

Et nous, d'un semblable amour,
   Dans ce jour
Où pour nous Dieu prend naissance,
Pour lui faire à notre tour
   Notre cour.
Exaltons tous sa puissance ;
   Pleins d'amour
Et pleins de reconnaissance,
Bénissons sa sainte Enfance !
Accourons à son berceau !
   Qu'il est beau,
L'Enfant-Dieu, ce doux Agneau !

Bon Sauveur, que tous les ans
   Vos enfants,
Suivant la troupe angélique,
Puissent avec des accents
   Innocents
Vous dire un nouveau cantique !
   Par leurs chants
Et par leur humble musique
Leur amour pour vous s'explique
Au pied de votre berceau.
   Qu'il est beau,
L'Enfant-Dieu, ce doux Agneau !

Même sujet.

Dans cette étable
Que Jésus est charmant !
Qu'il est aimable
Dans son abaissement !
Que d'attraits à la fois !
Tous les palais des rois
N'ont rien de comparable
A tout ce que je vois
    Dans cette étable.

    Que sa puissance
Paraît bien en ce jour,
    Malgré l'enfance
Où le réduit l'amour !
L'esclave racheté
Et tout l'enfer dompté
Font voir qu'à sa naissance
Rien n'est si redouté
    Que sa puissance.

    Heureux mystère !
Jésus, souffrant pour nous,
    D'un Dieu sévère
Apaise le courroux.
Pour sauver le pécheur,
Il naît dans la douleur;
Et sa bonté de Père
Eclipse sa grandeur...
    Heureux mystère !

    S'il est sensible
Ce n'est qu'à nos malheurs;
    Le froid horrible
Ne cause point ses pleurs.

Après tant de bienfaits,
Que notre cœur aux traits
D'un amour si visible
Doit céder désormais,
    S'il est sensible!

    Que je vous aime!
Peut-on voir vos appas,
    Beauté suprême,
Et ne vous aimer pas !
Puissant Maître des cieux
Brûlez-moi de ces feux
Dont vous brûlez vous-même!
Ce sont là tous mes vœux :
    Que je vous aime !

Abaissement de Jésus dans la crèche.

Silence, ciel ; silence, terre,
Demeurez dans l'étonnement :
Un Dieu pour nous se fait enfant.
L'amour vainqueur en ce mystère
    Le captive aujourd'hui,
    Tandis que toute la terre,
Que toute la terre est à lui.

Disparaissez, ombres, figures,
Faites place à la vérité ;
De notre Dieu l'humanité
Vient accomplir les Ecritures.
    Il naît pauvre aujourd'hui,
    Tandis que toute la terre,
Que toute la terre est à lui.

A minuit, une Vierge mère
Produit cet astre lumineux ;
Dès ce moment miraculeux
Nous appelons Dieu notre frère.
        Qui croirait aujourd'hui,
        Hélas ! que toute la terre,
Que toute la terre est à lui ?

Il a pour palais une étable,
Pour courtisans des animaux,
Pour lit la paille et les roseaux,
Et c'est cet état lamentable
        Qu'il choisit aujourd'hui,
        Tandis que toute la terre,
Que toute la terre est à lui.

Quel spectacle, humaine sagesse !
La grandeur dans l'abaissement !
L'Éternel, enfant d'un moment !
Un Dieu revêtu de faiblesse,
        Souffrant et sans appui !
        Tandis que toute la terre,
Que toute la terre est à lui.

Venez, pasteurs, en diligence ;
Adorez votre Dieu sauveur ;
Il est jaloux de votre cœur,
Il vous aime par préférence,
        Il naît pauvre aujourd'hui,
        Tandis que toute la terre,
Que toute la terre est à lui.

Glaçons, frimas, saison cruelle,
Suspendez donc votre rigueur :
Vous faites souffrir votre Auteur,
Qui vient, de sa gloire éternelle,

S'abaisser aujourd'hui,
Tandis que toute la terre,
Que toute la terre est à lui.

Noël, Noël, en cette fête !
Noël, Noël avec ardeur !
Noël, Noël au Dieu Sauveur
Qui fait de nos cœur la conquête !
Chantons tous aujourd'hui :
Noël par toute la terre !
Car toute la terre est à lui.

Même sujet.

Le Fils du Roi de gloire
Est descendu des cieux ;
Que nos chants de victoire
Résonnent dans ces lieux.
Il dompte les enfers,
Il calme nos alarmes,
Il tire l'univers
Des fers,
Et pour jamais
Lui rend la paix :
Ne versons plus de larmes.

L'amour seul l'a fait naître
Pour le salut de tous ;
Il fait par là connaître
Ce qu'il attend de nous.
Un cœur brûlant d'amour
Est le plus bel hommage ;

✱

Faisons lui tour à tour
La cour ;
Dès aujourd'hui
N'aimons que lui ;
Qu'il soit notre partage.

Vains honneurs de la terre,
Je veux vous oublier :
Le Maître du tonnerre
Vient de s'humilier.
De vos trompeurs appas
Je saurai me défendre ;
Allez, n'arrêtez pas
Mes pas ;
Monde flatteur,
Monde enchanteur,
Je ne veux plus t'entendre.

De régner en mon âme
Votre cœur est jaloux ;
N'y souffrez point de flamme
Qui ne brûle pour vous.
Que voit-on dans ces lieux
Que misère et bassesse ?
Je ne porte mes yeux
Qu'aux cieux ;
A votre loi,
Céleste Roi,
J'obéirai sans cesse.

———⋈———

Un berger raconte sa visite à la crèche.

Ne doutons plus du mystère :
Enfin le Verbe éternel
Au sein d'une chaste Mère
Vient de prendre un corps mortel.

Un ambassadeur fidèle
Qui s'appelle Gabriel
Nous apporte la nouvelle
Qu'il est descendu du ciel.

Dans une vieille masure,
Près de l'humble Bethléem,
Bourg fameux dans l'Écriture,
Non loin de Jérusalem,
En une crèche repose
Le grand Roi du firmament,
Le Seigneur de toute chose,
Qui pour nous s'est fait enfant.

Docile à la voix des Anges,
J'ai couru dans ce saint lieu,
Et là j'ai vu dans les langes
Mon Rédempteur et mon Dieu.
Que mon âme était ravie
De le voir dans son berceau !
Mes yeux, de toute ma vie,
N'avaient rien vu de si beau.

Dans le froid qui le tourmente
Paraît son humanité ;
Mais dans sa face brillante
L'on voit sa divinité :
Et de ce saint assemblage
Résulte un air tout divin,
Qui n'est que l'heureux présage
Du salut du genre humain.

Je crois, selon l'Écriture,
Que, pour naître en ce bas lieu,
Il a pris notre nature,
Mais sans cesser d'être Dieu.

Pour le reste il faut me taire ;
Car mes yeux ont beau le voir :
Je crois que c'est un mystère
Qu'on ne saurait concevoir.

Pour Marie, elle est plus belle
Que Rachel qu'on vante tant :
Elle est la Vierge fidèle,
La Mère du Tout-puissant ;
Jamais la tache commune
N'a terni sa pureté ;
Elle surpasse la lune
Par l'éclat de sa beauté.

Un bon vieillard juste et sage
Est devenu son époux :
C'est le plus beau mariage
Qu'on vit jamais parmi nous,
Joseph protège Marie.
Ils sont si chastes tous deux
Qu'on voit dans leur modestie
Le plus saint de tous les nœuds.

Les bergers en diligence
Le vont voir de toutes parts ;
Il reçoit leurs révérences
Avec de tendres égards ;
Il en fait de même aux Mages
Qui sont venus d'Orient :
Il répond à leurs hommages
D'un petit air souriant.

Même sujet.

Dans le calme de la nuit
S'est fait entendre un grand bruit :

Plusieurs fois
Une voix
Plus angélique qu'humaine,
Plusieurs fois.
Une voix
Donnait gloire au Roi des rois.

Je n'entendais qu'à demi :
Car j'étais tout endormi :
Cependant
Ce doux chant
Bientôt remplit mes oreilles ;
Cependant
Ce doux chant
Me fit lever promptement.

Rapidement j'approchais :
De mieux en mieux j'entendais.
« O le chant
« Ravissant !
« Jamais n'ouïs voix pareille,
« O le chant
« Ravissant ! »
M'écriais-je hautement.

Je courus dans le hameau
Sans perdre ce chant si beau ;
Tout dormait,
Reposait
Dans un sommeil bien tranquille :
Tout dormait,
Reposait
Personne ne m'entendait.

« Ah ! levez-vous, compagnons !
« L'autre nuit nous dormirons.
« Dépêchez

« Et sortez,
« Avec moi venez entendre.
« Dépêchez
« Et sortez ;
« Vous serez tous enchantés. »

Aussitôt fait comme dit :
Et le grand et le petit
          Me suivant,
          Bondissant,
Ont ouï cette musique ;
          Me suivant,
          Bondissant,
Ont admiré ce beau chant.

C'est un Ange qui chantait
Et dans son chant nous disait :
          « Cette nuit,
          « A minuit,
« Est né le Sauveur des hommes ;
          « Cette nuit,
          « A minuit,
« Sur du foin il est réduit. »

« Allez voir ce bel Enfant,
« Pasteurs, dit-il, promptement ;
          « Sans douter,
          « Sans errer,
« Croyez à cette nouvelle ;
          « Sans douter,
          « Sans errer,
« Allez vite l'adorer. »

De ce Messager divin
Ayant appris le chemin,
          Le suivant

Promptement,
Nous trouvâmes le Messie ;
Le suivant
Promptement,
Nous adorâmes l'Enfant.

Il était, ce doux Enfant,
Dans un état bien touchant :
Il souffrait,
Il tremblait;
A peine avait-il des langes ;
Il souffrait,
Il tremblait ;
Sa sainte Mère en pleurait.

Nous avions bien nous aussi
Le cœur grandement transi ;
Ses yeux doux
Devers nous
Souriaient d'un air aimable ;
Ses yeux doux
Devers nous
Pénétraient l'âme de tous.

Noël pour la Paix.

Cher Enfant, plein d'attraits,
Qui pour nous viens de naître,
Accorde-nous la paix
Et sur nous règne en Maître.

Refrain.

La paix, ô Dieu, mon espérance !
La paix au doux pays de France !
Donne la paix !

Ta grande pauvreté,
Ton douloureux martyre
Et ton humilité,
Tout cela veut nous dire :

Les larmes que je vois
Sur ton visage tendre
Ne sont qu'autant de voix
Qui nous font bien entendre :

Cette attache des mains
Et des pieds dans la crèche
Parle assez aux humains
Et hautement leur prêche :

Ce vieillard souriant,
Cette douce Marie,
Cet âne patient,
Ce bœuf, oui, tout nous crie :

Les Anges pour refrain
De leur douce musique
N'ont parmi l'air serein
Que ce cri pacifique :

Esprits mélodieux,
Qui chantez sur l'étable,
Obtenez-nous des cieux
Ce joyau délectable.

Colombe, qui portez
Cette branche d'olive,
Vierge, sollicitez
Que bientôt nous arrive

REFRAIN.

La paix, etc.

Paraphrase du Magnificat.

Mon âme célèbre son Dieu ;
Mon esprit est plein d'allégresse,
Se souvenant de la promesse
Qu'il fit de naître en ce bas lieu.
    Oui, le Seigneur (*bis*)
Veut bien devenir mon Sauveur.

Il s'est plu dans l'humilité
Qu'a fait paraître sa servante;
Il veut pour cela qu'on me vante
Pendant toute l'éternité.
    Tous les mortels (*bis*)
Environneront mes autels.

Le Tout-Puissant a fait en moi
D'incompréhensibles merveilles ;
On n'en a point vu de pareilles
Tant qu'a duré l'ancienne Loi.
    Son nom est saint ; (*bis*)
Nous le devons louer sans fin.

Sa miséricorde pour nous
Passe de lignée en lignée ;
Il protège la destinée
De ceux qui craignent son courroux ;
    Son bras puissant (*bis*)
Réduit l'orgueilleux au néant.

Il abat le faste des grands,
Il élève l'humble de terre ;
Le riche ressent son tonnerre,
Le pauvre reçoit ses présents.
    Son équité (*bis*)
Va de pair avec sa bonté.

Enfin, Israël a reçu
Le doux effet de sa parole ;
Nos pères n'avaient qu'un symbole
Nous voyons ce qu'ils avaient cru :
  De Dieu le Fils (*bis*)
Vient nous ouvrir le Paradis.

Rendons gloire au Père Eternel,
Au Verbe qui naît de Marie ;
A l'Esprit qui nous sanctifie
Disons un cantique immortel,
  Et qu'à jamais (*bis*)
Il nous donne sa sainte paix !

Actes que doit faire un chrétien aux pieds de Jésus naissant.

ACTE DE FOI.

Verbe éternel, sainte et divine essence,
Je crois, Seigneur, être en votre présence.
Quoique tout votre éclat se dérobe à mes yeux,
Je crois qu'en vous voyant je vois le Roi des
  Je vois le Roi des cieux.   [cieux,

Votre grandeur, votre pouvoir immense,
Pour m'attirer se cache sous l'enfance ;
Mais ma foi me fait voir votre divinité,
Malgré le voile épais de votre humanité,
  De votre humanité.

ACTE D'ADORATION.

Je viens, Seigneur, au pied de votre crèche,
Vous adorer, couché sur l'herbe sèche,

Dieu digne de respect, quoique indigent et nu,
Dieu que le Juif ingrat n'a jamais reconnu,
    N'a jamais reconnu.

ACTE D'AMOUR.

Si votre amour sans borne et sans mesure,
Vous met pour moi dans cette humble posture
Je dois n'aimer que vous, ô trop aimable Fils
Souffrez que mon amour du vôtre soit le prix
    Du vôtre soit le prix.

ACTE D'HUMILITÉ.

J'étais, Seigneur, votre plus bel ouvrage :
Vous m'aviez fait pour être votre image :
Mais le crime a terni des traits si glorieux :
Je n'ose sans trembler paraître sous vos yeux,
    Paraître sous vos yeux.

ACTE D'OFFRANDE.

Mon doux Jésus, pour votre amour extrême,
Je ne puis rien vous offrir que moi-même :
Je viens vous consacrer, après tant de faveurs,
Mon esprit et mon corps, mon cœur et ses
    Mon cœur et ses ardeurs.   [ardeurs,

Grandeur de Jésus-Christ
dans son abaissement.

Nuit sombre,
Ton ombre   } bis.
Vaut les plus beaux jours ;
Des Anges sans nombre
Honorent ton cours ;
Pour sauver le monde
Dieu se fait enfant.

REFRAIN.

Non, rien n'est si grand
Sur la terre et l'onde,
Non, rien n'est si grand
Que Jésus naissant.

L'Archange
Et l'Ange
La terre et les cieux
Font un doux mélange
Qui surprend mes yeux ;
Mais plus je le sonde,
Plus il me surprend.

bis.

Il pleure
Dès l'heure
Qu'il a vu le jour ;
Mais dans sa demeure,
Céleste séjour,
Son tonnerre gronde
Contre le méchant.

bis.

L'impie
Furie
D'un vieillard jaloux
Veut ôter la vie
A Dieu né pour nous:
Le Maître du monde
Echappe au tyran.

bis.

Merveille,
Réveille
Nos cœurs languissants ;
Bonté sans pareille,
Ah ! rends-nous fervents.
Que par tout le monde
On dise en chantant :

bis.

TABLE

(1) Ce numéro se rapporte à la série des airs autographiés qui suivent cette Table.

Angoulême, imp. BAILLARGER, rue Tison d'Argence.

1.

Airs autographiés

de

33 Noëls anciens,

recueillis et notés

par

M. l'abbé Fradin.

2.

Avertissement.

___

On ne trouvera pas ici les airs de certains noëls, comme Le Fils du Roi de gloire, Il est né, le divin Enfant, etc. Ces mélodies sont connues si universellement que nous avons cru inutile d'en grossir ce recueil.

3.

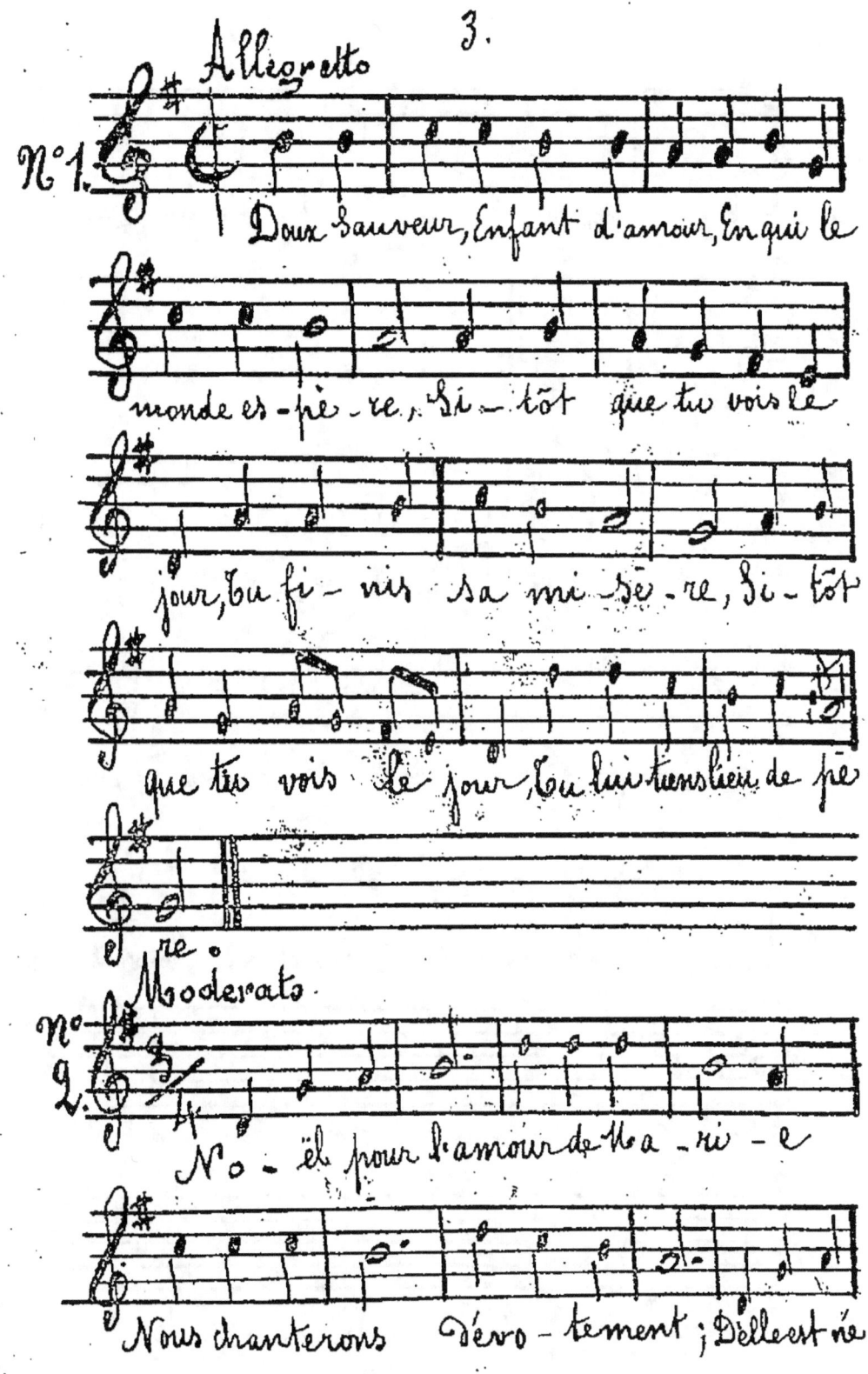

N° 1. Allegretto

Doux Sauveur, Enfant d'amour, En qui le

monde es-pè-re, Si-tôt que tu vois le

jour, tu fi-nis sa mi-sè-re, Si-tôt

que tu vois le jour, Tu lui tiens lieu de pè-

re.

N° 2. Moderato

No-ël pour l'amour de Ma-ri-e

Nous chanterons Dévo-tement; Dél est né

4.

l'Au - teur de la vi - e, Qui sauve l'homme

repentant.

Moderato

N°. 3.

E - ve, sé - dui - te Du serpent,

Eut la force de ten - ter l'homme; Il reçut

la fata - le pomme Et méprisa le Tout-Puis-

sant: Cri - me mortel, crime mortel,

Qui livre à la mort l'Immor - tel!

Moderato.

Voici le jour de la nais-

sance Du Fils de Dieu; En signe

de réjouis-san ce, Dans ce saint lieu Chantons d'un

air mélo-di eux Un Doux Canto-

que Qui s'unisse aux Concerts pieux de la

troupe angéli - que

Andantino.

Bel Enfant que j'a - do - re, Lui

6.

viens naître pour moi, C'est toi seul que j'imp-

lo - re. Je veux n'aimer que toi.

C'est ma plus chère en - vi - e Dans ce beau

jour Où je ne dois la vi - e Qu'à ton a -

mour.

Simplice

Joseph sommeillait enco - re: Un an -

ge du Paradis Lui dit: le Dieu que j'adore

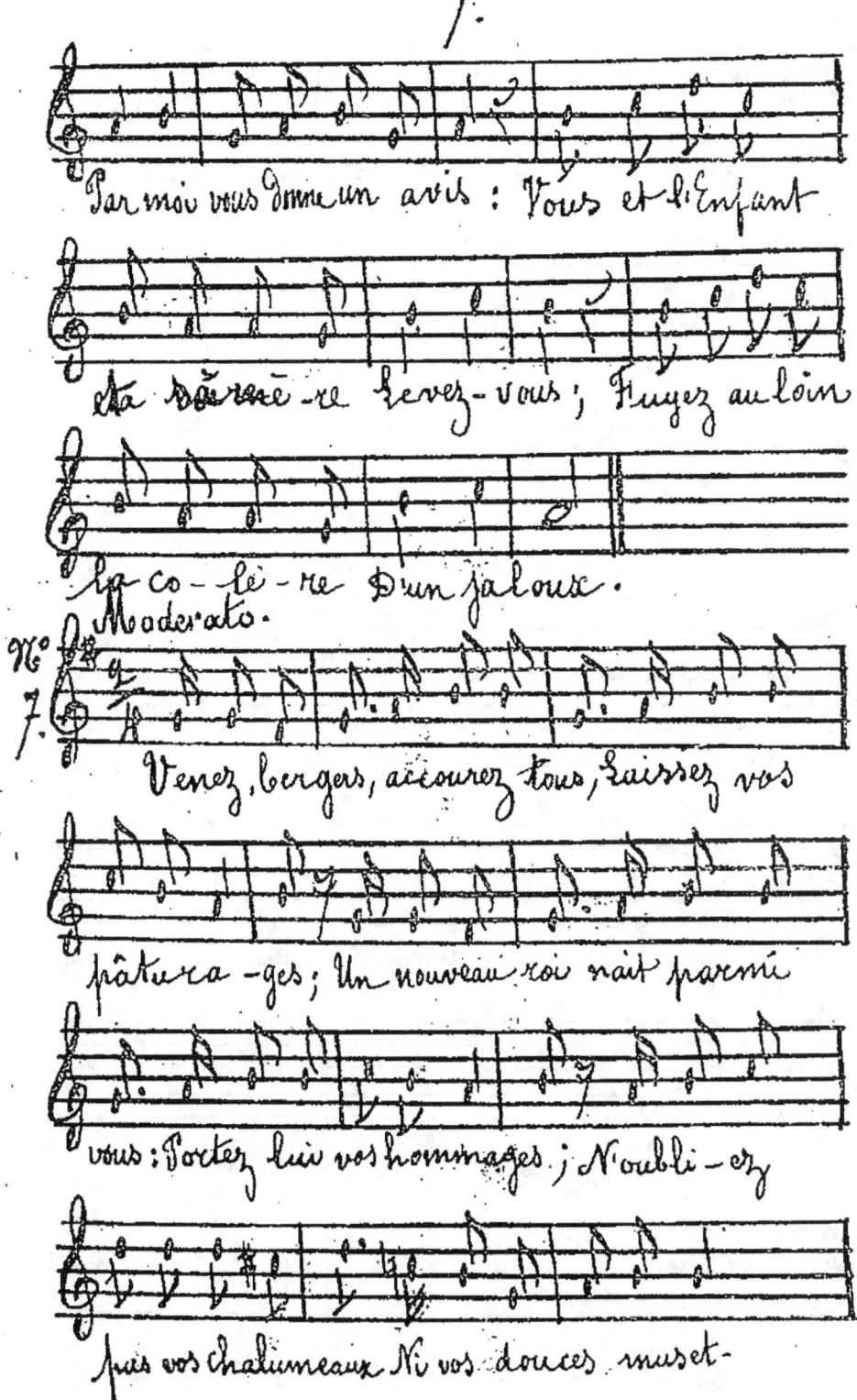

7.

Par moi vous donne un avis : Vous et l'Enfant

Et ta bärnie - re Levez-vous ; Fuyez au loin

la co - lè - re D'un jaloux.

Venez, bergers, accourez tous, Laissez vos

pâtura - ges; Un nouveau roi naît parmi

vous : Portez lui vos hommages ; N'oubli - ez

pas vos chalumeaux Ni vos douces muset-

8.

-tes Et fai-tes de vos airs nouveaux Retentir

ces retraites.

Pour honorer les langes Du roi de l'uni-

vers, Tous les oiseaux divers Volent après les an-

ges Répandus dans les airs, Et mêlent leurs lou-

anges Aux célès-tes concerts.

Quittez, pas-teurs, Et bercail et houl-

- et-te, Et le hameau Et le soin du trou-

peau; Sé-chez vos pleurs; Votre joie est par-

fai-te. Allez tous ado-rer Un

Dieu, Un Dieu qui vient vous conso-ler, Un

Dieu, Un Dieu qui vient vous conso-ler.

Allegretto

N° 10

Pour un maudit péché l'Auteur de la na-

tu-re Pour un maudit pé-ché Jé-sus-

Christ est couché Gémissant sur la dure,

Ah! qu'il me fait pi - tré Dans sa pauvre masu-

re Ca - ché.

Maestoso

N° 1.

Au matin, j'ai rencontré le train De

trois grands rois s'en allant en voyage, Au ma-

tin, j'ai rencontre le train De trois grands

rois allant par le chemin, j'ai vu d'abord Gar-

-des du Corps, Gens bien armés et miscommme jeune

pa - ge, J'ai vu d'abord Gardes du

Corps Resplendissants de broderie et d'or. Antoutine.

Allons suivons les Mages Qui portant leur pré-

sent Vont rendre leurs hommages A ce divin En-

fant Mais le meilleur Est qu'ils donnent leur

cœur Un cœur fervent Est Tout ce qu'il at - tend.

N° 13.

Simplice

Quand notre divin Maî~tre Fut né

dans ces bas lieux, Trois rois virent pa~raî~tre

Un as~tre dans les cieux Aux yeux de ces rois

Rall..   a tempo

ma~ges L'astre était nouveau, Ja~

mais sur leurs rivages On n'en vit de si beau

N° 14.

Roi qui lances le tonnerre_ Sur la ter~

~re Et qui brilles dans les cieux, Du cou~

chant jusqu'à l'auro-re On t'a do-re Ton saint

nom vole en tous lieux.

N° 14. Roi qui lances le tonnerre Sur la

terre Et qui règnes dans les cieux, Du cou-

chant jusqu'à l'aurore On t'a do-re, Ton saint

nom vole en tous lieux.

Allegretto.

N° 15. Allons voir Jésus naissant C'est le Fils du

Tout-Puissant; Remplissons tous nos hameaux du son des haut-

bois Et des chalumeaux, Remplissons tous nos ha-

meaux De nos chants les plus nouveaux.

N° 16. Moderato.

Le Sauveur vient de naître;

Pasteurs éveillez vous; Lais-sez vos

bre-bis paître Ne craignez point les

loups. Allez le reconnaî-tre, Car

il est né pour vous; le Sau-veur vient de

naître, Pasteurs é-veillez- vous.

Andantino

N° 17

Dieu vient de naître en une grange Son

Fin

an-ge vient de m'en aver-tir Bergers y

Voulez-vous venir Allons voir ce prodige é-

tran- ge.

N° 18.

Allez voir, disait l'Ange Aux bergers d'alen-

-tour, Sans feu, Sans bois, sans lange, Un Dieu dans une

grange Qu'avant le jour Chacun se

range Dans ce Sé-jour Fai-re sa

cour.

Allegro

N°. 19.

Chantons les louanges D'un Dieu plein d'amour;

Imitons les anges Dans un si grand jour;

Avec leurs trompet - tes Mêlons nos hautbois,

Et dans nos retraites Disons mille fois: Jésus est

né Jésus est né Cieux, quel bonheur!

Gloire à l'aimable Sauveur.

Allegretto

N° 20

A minuit Dieu s'est fait enfant, A

minuit Dieu s'est fait enfant Ah! qu'il est beau qu'il

est charmant, Je l'aime, Je l'aime; Qu'il est beau

cet enfant et l'amour mê-me.

18.

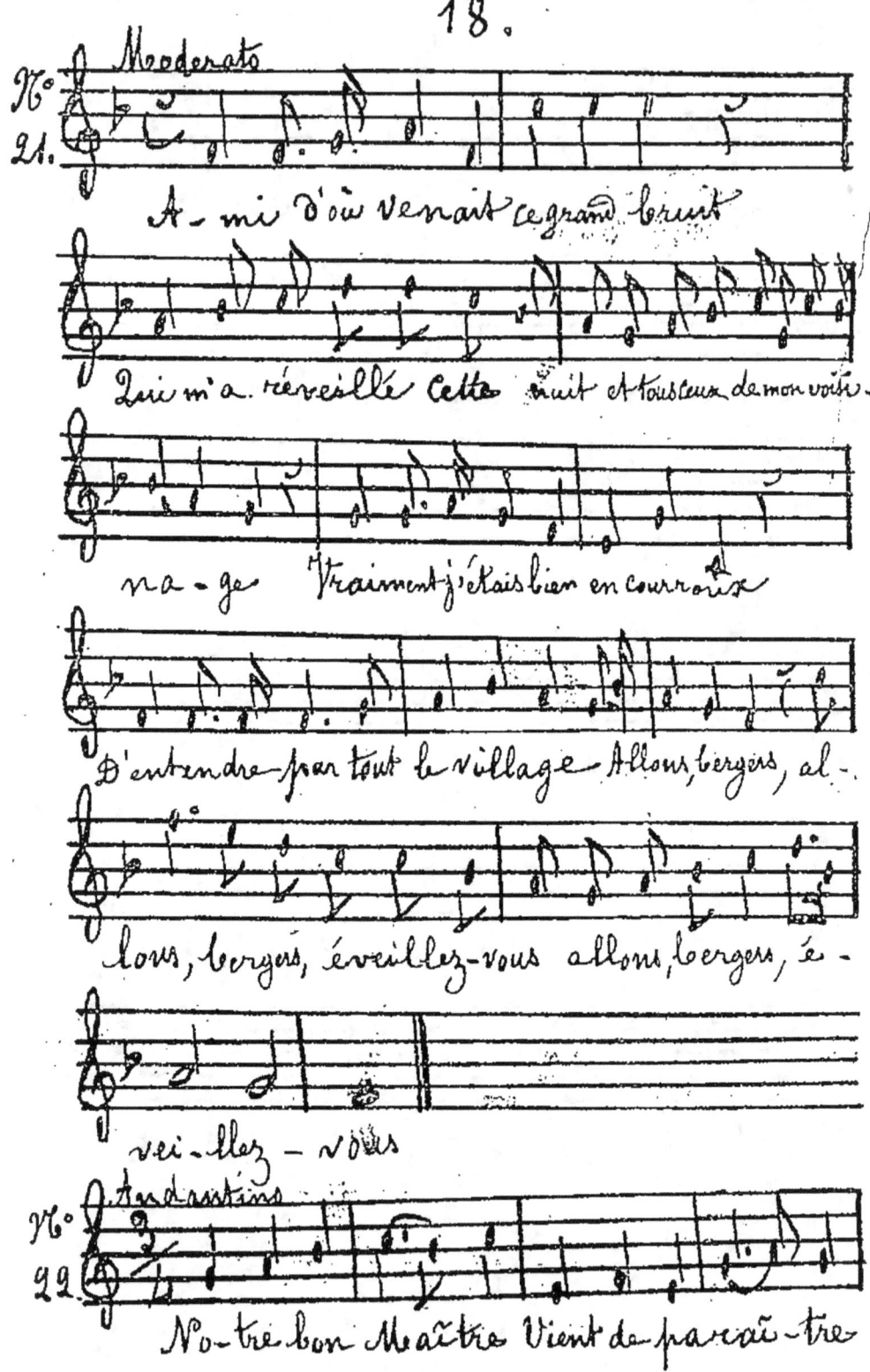

A - mi d'où venait ce grand bruit

Qui m'a réveillé Cette nuit et tous ceux de mon voisi-

na - ge Vraiment j'étais bien en courroux

D'entendre par tout le village Allons, bergers, al-

lons, bergers, éveillez-vous allons, bergers, é-

vei - llez - vous

No-tre bon Maître Vient de paraî-tre

No-tre bon Maî-tre Se fait mortel

Moi je lui tresse u-ne couronne

Puisqu'il est le Roi du ciel Ma quali-

té de reine i-ci me donne le droit d'or-

ner le front de l'Éternel Ma quali-

té de reine i-ci me donne le droit d'or-

ner le front de l'Éter-nel !

Simplice

N° 23.

Quelle réjou - is - sance Dans ces bas

lieux Règne par la naiss ance du Roi des

Cieux! Tout re -ten tit de chants nouveaux Mille et

mille échos Chantent Glo - ri - a Oh! la Dé -

vine enfance Alle lu - ia

Andantino

N° 24.

Partez donc, chaste Marie, Suivant l'

dit, Suivant l'édit, Car voi - ci le prophé -

toi-e Qui s'accomplit Qui s'accomplit; Les temps

marqués sont venus, Vive Jé-sus.

N° 25 Simplice

En-tre le bœuf et l'â-ne gris Dort dort

dort votre cher Fils Mille chérubins, mille Séra-

phins Veillent à l'entour de l'Enfant plein d'amour.

N° 26 Maestoso

Dans ce jour Où Dieu pour nous daigne naître

Que chacun fas-se paraître Et lui marque tour-à-tour

Dans ce jour Son respect et son amour.

Loin du tumulte et du bruit, A minuit,

Et dans une paix profon - de, Un nouveau so

leil qui luit, Dans la nuit, Naît d'une vierge fécon.

de ; Divin fruit En qui tout mérite a -

bonde, Vous attti - rez tout le monde

Au pied de votre berceau ; Qu'il est beau,

1. Enfant Dieu ce doux Agneau.

Andante

N°
27.

Si - lence, ciel, si - len - ce terre ; De

meurez dans d'é - ton - ne ment ; Un Dieu pour

nous se fait enfant l'amour vainqueur en ce mys -

tè - re Le captive aujourd'hui tan -

dis que toute la ter - re Que toute la

terre est à lui ; Que toute la terre est à lui.

Moderato

N°
28

Ne doutons plus du mystè-re, Enfin

le Verbe é-ter-nel, Au sein d'une chaste

mè-re, Vient de prendre un corps mortel ; Un amb.

assadeur fi- dè-le Lui s'appelle Gabri-

el Nous appor-te la nouvelle Qu'il est

descendu du ciel

N°
29.

Dans le calme de la nuit S'est fait entendre

26.

France Donne la paix.

N° 31.

Verbe é-ternel Saint et Divine es-sen-ce, Je crois, Seigneur, êtr'en vo-tre pré-sen-ce Quoique tout votre éclat Se Da-robe à mes yeux, Je crois qu'en vous voy-ant je vois le Roi des cieux; Je vois le Roi des Cieux.

Nuit sombre, ton ombre Vaut les plus beaux

jours; Des anges sans nombre Honorent tes

cours, Pour sauver le monde, Dieu se fait en-

fant; Non rien n'est si grand sur la terre et

l'onde, Non, rien n'est si grand que Jésus nais-

sant.